U0501405

第39届青春诗会诗丛

《诗刊》社／编

安然 著

骑马路过达里诺尔

39 青
Youth 诗
Poetry 会

长江出版传媒

长江文艺出版社

元复诗歌基金支持

安 然

1989年生，内蒙古赤峰人。出版诗集《北京时间的背针》《我不是你的灌木丛》《正在醒来的某个早晨》等。获草堂诗歌奖年度实力诗人奖、《草原》文学奖、广东省鲁迅文学艺术奖、李杜诗歌奖等奖项。

目录

上辑　草原诗篇

难过 003

呼兰河畔的傍晚 004

满家寨 005

致祖先 006

我们的瓯灯舞 007

乌兰哈达 008

未来的某个清晨 009

安 010

悠车谣 011

清音会 012

赶车人 013

在牧场 014

今夜，我在家乡 015

在额尔古纳河岸 016

骑一匹马 017

在秋天，我是歉收的小女子 018

赫图阿拉城 019

怀念古人 020

乌拉锅 021

阿穆尔河畔 022

喂马　023

我嫉妒它们没有孤独、性情和爱　024

我从草原来　025

原上秋草　026

夜色迷蒙　027

坝上　028

除夕　029

群山起伏的倒影　030

冬日小夜曲　031

请不要轻易说出爱　032

深夜，在山中　033

只缘身在故乡时　034

晨记　035

草原诗篇　036

致歉　040

等待　041

野玫瑰　042

至少　043

山骨　044

塔斯哈　046

莫库尼　047

深秋　048

寂静空间　049

在漠北的草地上　050

年息花　　　　　　　　051

下辑　在人间

为了爱你　　　　　　055

献词　　　　　　　　056

五月，广州　　　　　057

野果　　　　　　　　058

如草木，如秋花　　　059

清晨有喜　　　　　　060

给我　　　　　　　　061

碎铁屑　　　　　　　062

废弃的铁钉　　　　　063

请　　　　　　　　　064

你　　　　　　　　　065

诸神提灯　　　　　　066

无果之秋　　　　　　067

途中记　　　　　　　068

热爱生活　　　　　　069

这般活着 070

春天的火舌 071

林间 072

沉寂的枝叶 074

我抱住了春天 075

金橘皇冠 076

我开始收集雨 077

日子 078

潮水向心尖退去 079

你的名字 080

在古代 081

炉火 082

十月，我也将拥有空中的绝响 083

红宝石 084

给你写信 085

瘦弱花枝 086

前程 087

疼 088

务必沉默 089

沙滩笔记 090

远树 092

给你的 093

打磨一缕光 095

活着 096

明月里的岁月 097

途中一瞥 098

二〇一九年，秋，天气多云 099

七月，音信全无 100

小调 101

寂静 102

反省 103

雨中 104

小狐狸 105

这般红 106

落下的事物 107

他们歌唱时 108

预言 109

窗外 110

在人间 111

藤蔓 112

傍晚写作 113

小小如我 114

致而立之年 115

燃烧 116

芭蕉庄园 117

偶尔弯曲 118

金沙洲 119

低头 120

舍不得 121

人间平凡的苦 122

挽留 123

空空 124

致生活 125

遗忘 126

雅歌 127

生活素描 128

黄昏 129

空地 130

二月生霜 131

站立的雀鸟 132

阳光照耀 133

烟云之上 134

壁画 135

一个人站在荒原上 136

遇见 137

逃离 138

船手与岛屿 139

采莲之歌 140

上辑　草原诗篇

难　过

我为鹰的突然坠落而难过
我为风的暴戾而难过
我为长白山上负伤的母鹿而难过
我为村落的枯槁而难过
我为晨光中正在接受消融的雪而难过

我也为自己难过
长久以来，我从未获得先人的锋芒与理想

呼兰河畔的傍晚

天地寂静，春光落在河面
一切都变得秩序井然
黄昏、牧场、小路，以及我内心的
浩瀚之音，它们在呼兰河的弯曲中
露出整齐的牙齿，像皓月，像北斗七星
像某月某日，回到了古代的石壁上
微风吹着你，和我，和时光深处的不治之症
和河畔上骤然生长的垂榆
夜幕挂在天际，你，和我，和汩汩流水
在夕阳中比肩而居，拥抱而眠

满家寨

那是猎鹰飞过雪域，冰河突然
拥有长久的凛冬，才能
呈现的弧度和腔调

那是丹东的河水流经这里
山神、八旗子弟、三百年的清幽和碧水
在静谧中赤足移动

那是萨满的曲艺，在我们的心中
持久地空旷、远阔……
继而越过腹部的丘陵和险滩

那热闹的、安详的、在河流的奔突中
发出哀鸣和呼啸的，一定是古老的路基
重新被先人修建

致祖先

雨落，在一首诗中读出祖先的高音
如同他们平仄的一生。在起伏的山冈和丛林中
攥紧手中的刀斧
风起，在一首诗中读出祖先的低音
如同他们此时，严寒中
捋顺整齐的火苗

他们接受积雪的照耀
也顺从寒潮的摧毁

我们的瓯灯舞

八角鼓响起，而后是这些姓氏、祖籍和方言
这些疾病、惆伤和道德，在时间的
凝视之下露出沧桑，以及凝滞的目光

先人跳着瓯灯舞，在北方的白山黑水
在京城的四合院
在夜幕降临的篝火前

灯火明艳——
族人在鼎沸声中勾画着
历史的年轮与进程

他们跳着，欢呼着
过往从未忘记轻盈的舞步
人群穿梭其中，想象山水里的勃勃生机

乌兰哈达

或者比冬天更为寒冷
乌兰哈达并没有下过一场雪

我喜欢寂静大于喧嚣
我独热爱清晨的霜

像顶碗的姑娘跳筷子舞
像一匹马游到乌力吉木伦的对岸

我在勒勒车上数风车
对遥远的白马雕像致敬

我要先敬我的祖先和同胞
再敬这九万平方公里的土地

未来的某个清晨

露珠缀满花楸，雾凇挂满云杉
天空、大地和人群都在黎明中苏醒过来
炊烟在白云中飘
雀鸟也是

在东北平原
未来的某个清晨，你走在白山的松枝中
拾捡浩瀚的雪和四野的回音

在未来的某个清晨
你采摘栗色的蹄印，先人叩拜神灵

安

祝我平安
祝我在朝霞的璀璨中获得安宁
祝我日日夜夜安然无恙
祝我在地球的子宫中安全出生

松花江流域的安佳氏和那拉氏
我最遥远的先人

是什么让我想起王朝的兴衰
是什么让我返回一个民族
内部的葳蕤和热烈
是血液
是血液沸腾时我不住地回望铁蹄的
铿锵，和索龙杆的矗立

夜无风，月上梢
祝我安逸
祝我手中的历史，安详如死者
让后人一遍遍抚顺它栗色的皮毛

悠车谣

我们被神话吸引，梅花鹿跑向了深林
我们相信萨满先知的指点
用套马索……一个相见恨晚的人
一个一见钟情的人
我们相信长白山浴池的故事
我们一次次用树皮和枝叶
用铁环、皮绳和车钩做成悠车
我们把悠车挂在房梁，是的——
房梁或野外的高枝，我们在山中打猎
我们摇晃着悠车，当婴儿啼哭
我们要让婴儿沉睡，当睡枕装满米粒
红漆涂在桦木上，在远古，在旧社会
在我们祖先的家规家训里
在小的时候，我们时常被亲人挂在空中
一种突如其来的爱
在悠车里无比滚烫

清音会

古人的乐器在清音会上
扬琴、花腔鼓、双清和匙琴在席间响起
我们只是在星辰下坐着
在热河的大地上，将盔甲、弓箭和鞍辔
置于栅壕之上

我们走过去
挪走古代的月亮和烛火
让我们流连的是八旗的瓯灯舞
是营帐前的骁骑校
是我们的先人整齐地跪在白山黑水前

铜鹰复在春天飞回北方
天空之下，一种旷日持久的击节之音
来到我们的身前，来到黎明的前方
暗语，不舍昼夜——

赶车人

太平车在去往高丽的路上
车辙、黄昏、关卡和凤凰城的水域
五倍子和苦楝根，皮骨角和鱼物
千余驮被进贡和谢恩的物什都在路上
赶车人在崇山峻岭中"三里额房
五里柳河子，八里马蹄岭……"
那些被碾过的泥土和石子
那些被折断的枯枝
那些厚厚的积雪在山前林立
那些短暂而蛮横的力气在贸易的往来中
赶车人蜷缩着身体，在寒风中
显露紫色的脸，攥紧的手
一双双挂霜的眼盯住前方的走向
当赶车人光头忉寒，雇主会心生怜意
会以貂皮相赠，会馈饭
在漫长的雇车生涯中，赶车人
从白山黑水走到京城
他们在清朝的山水间穿行
在族人的车辙中碾出沉沉的印痕

在牧场

我羞于说出它，在起风的夜里
我羞于说出自己的年龄
很多时候，我羞于说出
自己的贫困，像干树叶一样
在秋天隐匿
我在天空下
和水里的云彩并排立着
我望着远方，熟悉的人向我招手
呼喊我的名字，一遍又一遍
在吹皱的河面上，一遍又一遍
我并不知道，一饮而尽的
是我的倒影、万顷草木
与些许弱小和谦卑
一遍又一遍，在牧场
在起风的夜里，我羞于说出
一个成年人的无奈

今夜，我在家乡

九月初的赤峰，夜凉了，需要被子
外套、长裤和一杯热水
中秋的月光提前照进我的房间
落在干净的地板上
没有任何声音惊醒我的亲人
关于我在牧场放生的
一窝蚂蚁，不知它们是否
准备冬眠，是否像我
因为明天的离开而彻夜难眠
还是正在昼夜兼程地搬家
搬走卵、幼蚁和粮食
一想到它们弱小的力量，我就羞愧
其实，我多想加入它们的队伍
将这里一起搬走

在额尔古纳河岸

在额尔古纳河岸，我拿走了
石子、刻刀、尺子和一条绳子
我试图靠近一位古稀老人
她安详、宁静，有一股强大的力量
这力量是直的，来自云霄
大雨落在南山时，我试图
托起云团，它饱满、洁白、柔软
有世间的美学，静——
如果有一天，你看见众鸟高飞
就要想到眸子里溢出来的静
这些洁白的、平凡的、说不出道不明的
一种被你我忽视的，静——
它更接近于神圣
和永恒

骑一匹马

从凹处出发，去致敬
朝与暮，去生活的别处
领受神灵的旨意，和鞭子的教诲
在泥泞的早晨，马蹄笃笃
去感受旌旗猎猎和钢管里的风
骑一匹马，去唐古拉山的高寒之地
去祖国的西北边陲，去黄河的
上游去辨识月光的质地
骑一匹马，去菩萨的寓所
请求她，宽慰她，也给她前路漫漫
人世多秋，骑一匹马，去看看……
看看村庄，一个人的暮年，活人的恩怨
也看看青草爬上屋檐
骑一匹马回童年，抱住
多汁的草叶，像抱住我年轻的母亲

在秋天，我是歉收的小女子

我不愿接受一些事实，比如
七月二十，我的户口离开了苏木
我与亲人隔了诸多城市
要习惯粤语、回南天、七个月的炎热
在秋天，我并不比谁过得潇洒
我羞于怀念家乡的事物
我不懂民俗和历史，如此顺理成章
在秋天，有人歉收或丰收
说起少小离家的人，我不愿承认
我的虚伪、自私和狂妄
我的口是心非
我是歉收的小女子
在秋天，如果有一场雨来临，我要
携带闪电和雷鸣
在窗前，为对面楼顶的小树祈祷
它多像我，孤零零地望向天空
艰难的样子
无家可归的样子

赫图阿拉城

在历史的岔子口行进
急切、生动地建立后金
十二月的最后一天，雪盖满老城村
在草屋、庙檐和木柴堆积的山冈上

她们目睹空旷、隆重的过往
一些关于石头的刻痕，关于乌鸦的记忆
关于在无边的荒原上凝望的黄狗
烟云和铁蹄、城池和汗宫
一个被托举的朝代

九十三名格格的晚清生活
在冬日的宫殿中，雪上加霜
仆人任性地砍柴、烧柴
把灶膛填得旺盛
她们在点将台、校场、堂子
在老街，逛十里闹市
疲惫和远嫁的口谕跟随着她们

怀念古人

我重复着古人的生活
要去江边垂钓，要去鹰的苍穹
和猛兽的丛林

要捕捞星星的影子和丽日的旨趣
要去古人的落日湖边
跟他们一起整理秋日的荒凉

我们一起迈进岁月的高山和草甸
去满族人的梓里，去远古的部落
——缅怀，探寻

去想象族人的欢腾和出征前
战栗的夜晚，以及
一个又一个灯火闪烁中的亲吻与离别

乌拉锅

在逝去的三百年中，谁也没有忘
松花江上的船只，一排进贡的车队
乌拉火锅再次被皇家御用
额娘、阿玛……格格和贝勒
围桌而坐，富察氏的打牲乌拉城
——烟囱连着炭火
贾家的锅子，街上的雾凇，康熙唯一
热爱的铜锅，在人群的喧嚣中
在杯碟碰撞的声响中，谁也不会忘
将五花肉和酸菜放入沸水
谁又会忘记——
东北平原上辽阔的苍穹和贾福的真传

阿穆尔河畔

阿穆尔河畔的群羊转向针叶林
流水淌在黄昏的寂静里
黑鹰和猛虎站在肃静的光晕中
我们裹紧的兽皮充满未知与惊喜

遭遇严寒而枯槁的木桩
发出疼痛的哀鸣
我们一再消耗的火石和鱼骨
裸露在云雨的脊背上

我们拥着风
对四野的群山持续地点头
在阿穆尔河畔，我们素描出了祖籍
以及一个民族内部的根茎与繁茂

喂　马

带着一点点兴奋，喂给它们针茅、咸草、粘蒿……

喂给它们一箩筐的青储

也把父亲多年的沧桑和衰老喂给它们

喂给它们的幻想

无依无靠，和井边的落日

让它们咽下所有，连同铁桶里的有毒物质

我把一根根秸秆喂给它们

像在贫穷年代忍受饥荒，和寒冷

咀嚼，一下又一下

喂给它们白酒，也让它们沉醉

喂给它们稻谷，也让它们享受最后的富贵

我找来太阳和云朵，喂给它们秀色

我搬来河流，喂给它们弯曲和昼夜不息

它们在空荡荡的人间驰骋，在逼仄的

道德牧场狭路相逢，我从外面

请回宁静和春天，喂给它们

我嫉妒它们没有孤独、性情和爱

我嫉妒月落乌啼，嫉妒

黄叶拥有整个秋天

嫉妒在围场熟睡的人

至于那只雀鸟，我也嫉妒

在山野，我嫉妒蒿草生长，甚于

旱獭流落荒原，嫉妒明月

总是低于山腰

风继续缓缓地吹，光阴被折叠

老人克服顽疾，妇人迈过春天的门槛

年轻人远赴他乡，摇晃的

万物露出一点点白

在旷野，我嫉妒万物凋零

嫉妒它们没有孤独、性情和爱

嫉妒它们没有可背负的

青山，和一个认真牵挂的人

我从草原来

带着箭镞、母语和高高的焰火
带着毡篷下亲人的爱
带着唯一的信仰，唯一的黎明前的宣誓
我从草原来，带着恩养的宁静
细小的身形、烈马和长鞭
我奔驰在遥远的南方之南
我宁愿自己是灯火下最微弱的一盏
最脆弱的影子

我从草原来，带着母性的温柔
和草叶的一生，接受南方的再教育
人们从我的身体里牵出野马，引出河流
这一系列的事物——
带着少女的娇羞与迷恋
带着贫瘠与疲惫
带着毡帐
我从草原来，带着故土的血脉
奔跑在环城公路上
我奔跑，带着牧场几代人的希望

原上秋草

一直持续地绿，在秋阳下渐黄
枯槁，染绿——
像我从未间断的赞美

在风中，在湖边的林中，在每一次
雨落在草原的时辰
它们渐次生长，卑微而静默

大片的黄，在挨家挨户的山坡
在科尔沁草原的南面
在大风起兮云飞扬的眼前

被收割，被卷捆，在铡草机
唰唰的运作中，被成群的牛
收进眼底

夜色迷蒙

这寂静来自它们低头吃草的样子
来自河流里的一弯月亮

如果苜蓿草会说话
我宁愿这个夏天再漫长一点

我想放生一条蛇
如果明天就要晴转多云

如果今夜没有争吵和敌意
假设岁月还可以来日方长

我还能在烛光中穿过一缕风
雷阵雨恰好有自己的情调

我想圈养一群羊或一只狼
姓氏随我，血缘随你

坝 上

马蹄停下来，我好奇牧人
如何在河边放生受伤的水蛇
他用鞭子抽打草叶，一群山羊
便开始奔跑

我注意到云间的野茫茫
河流上游一棵歪脖子的老树
挑水的人出入毡房
一头黄牛在草丛里顺产
野兔终于逃脱了猞猁

马蹄再次停下来，大地离黄昏
近了，牧笛离月亮近了
在坝上，我离众生，近了
一切都近了，唯有我的肉体
和灵魂，日夜马不停蹄
在南方野蛮地生长

除 夕

清晨，牧场里点燃爆竹的人骑车去向草原
一个诗人在黎明中托住微光

雨下了一夜又落在帽檐上
大地寂静无声

灯光里，我不断地敲击岁月
和门帘前的悔悟

空荡荡的夜晚，除夕
与以往并无二致

无非是我的心
又被清洗了一遍

群山起伏的倒影

我在群山起伏的倒影里

把白茶壶洗了又洗，我等

下山的砍柴人，一边喊我娘子

一边把板栗翻炒，我给不认识的

野花野草起好听的名字，给

青山和云朵绣上羽毛，给生活

涂脂抹粉，口红用胭脂色

我在倒影里修炼功法

我得让自己比大地富饶、美貌

赛过晚霞，我比雪花

还要洁白，我在倒影里

跟达官贵人喝酒打牌，接济

山庄里的孩子，夜深人静，我张扬跋扈

跟男人撒娇，死活都要做王的女人

一天，两天……我的爱

在秋天的稻穗上此起彼伏

冬日小夜曲

我爱荒原上的雪，芦苇在风中凌乱

我爱这些秸秆在烈火中燃烧

我爱紫葡萄在架上颤抖

我爱冬天时，羽绒贴着胸膛

飞鸟贴着大地疾行，我爱这些凋零的

枯槁的、干瘪的、萧瑟的、无声的

枣树，和一根稻草的晚年

我爱越来越寒冷的夜晚

去探望一棵树，或一座老房子

门窗紧锁，冷风穿墙凿壁，像野蛮人

用斧子砍向光阴的闩闩

即便如此，我还是爱尖锐的、带刺的

玫瑰、荆棘、蔷薇、仙人掌、蒺藜……

我还是对来日的冬天深信不疑

我爱雪地里的狭路相逢

我爱寒冷里的拥抱和亲吻

请不要轻易说出爱

在故乡，请不要提及我
不要说出，一个异乡人的无奈
不要说走就走，记恨离别
不要说艰辛，谁又何尝不是
你要谨言慎行，爱一个人
爱一些细微之物
请不要爱上，不要轻易说爱
或不爱，在故乡
我乞求你什么都不爱
不要轻易说爱这片土地
爱亲人胜过爱自己
爱在这里的每一个时辰
我们都是渺小的人，请不要
轻易表达你的悲伤
我的欢喜，也不要说出
这几年，在故乡
我们的爱愈加朦胧、羞涩和惭愧

深夜，在山中

我只是走进去，坐下来
流星就覆盖了群山
深夜降临

我向后退，努力靠近一棵树
我的背后是黑漆漆的夜路
赶路的人发出轻咳，孩子
也会就此调皮
此时哭声四起，群山仿佛在呜咽
在荒凉的山中，我的
双腿会痉挛，眼睛会麻木
内心的鬼怪也会伺机而动
我继续后退，扮成一块石头
听草木抽打大地的声音
我一次次回头，望不见的
河流却停止了奔波

只缘身在故乡时

在故乡，我才能睡眠充足
吃更多的粮食和蔬菜
不必担心肥胖和明天的事
出门，跟乡里人东拉西扯，一上午的时光
没有人在乎我的语气和一不小心
也没有人查看我的背景和经历
只有在故乡，我才能不化妆，不戴胸罩
上街买菜，逛超市，抱回一筐的橘子
照镜子，每一个表情都是从心里长出
真实得像风，来去自由
在故乡，我才能平静，与若干细小的事物相连
隐于心的痼疾不需要西药也能恢复
不要去打扰此时的状态，一旦离开
就会泛滥成灾

晨　记

啜饮着晨风
梳理着人世的渺茫
你想象着亿万个清晨
来到你的唇上

甘露轻盈，蜂群歌唱
雪雀在你用灵魂砌成的岩层中
火苗不会因为六月的结束
而离开燃烧的稻藁

时光渗着雨，我读着安德拉德
晨曦在山间笼罩着白玉兰
倦鸟飞出我的梦幻
你心尖的平仄跟随着群山起伏

草原诗篇

1

绿色的、广袤的、湛蓝的——
当我用这些词去描绘
我的故乡——乌兰哈达
草原上的城
我内心的澎湃之音与骄傲之音

2

当贡格尔草原上升起不落的太阳
当达里诺尔湖挽住夏日的黄昏
当阿斯哈图石林的流水饱经风霜
当我一个人站在苍穹之下
体悟这空旷、无垠和人间的浩荡

3

那一刻，我感受到了
山河的秀丽、民族的风采和祖国的巍峨

那一刻，天地寂静，只有羊群和马匹
于岸边行走，只有我
一个人在春风中用力地疾行

4

只有我在蒙地的蔚蓝中歌唱
马头琴在牧场绝响
长调在心中高亢
金露梅在我的体内生猛地艳丽
是呼和格日苏木的勒勒车载我走向高处

5

是牧场的族人让我拥有朴素的力量
是那达慕会场上冲刺的马驹
让我在人群中顶天立地
抚摸它赛场的戾气
是它教会我在赛道上的从容和倔强

6

我在五月回到乌兰哈达
我永远的故乡
夜风依旧刺骨

像是小时候，我跟在母亲的后面
任凭北风吹刮我的哭声

7

在赤峰，我写下这些麦穗和风声
我用巨大的体力抱住
所有的草木和全部的恩情
我的河流，我的春秋
我命运里无休止的跌宕与惦念

8

我还爱着故乡
消瘦的，安宁的，在时光深处
慢慢衰老的，极容易满足的
黎明中草叶枯荣的一生
我热爱它们宿命中跌宕的轮回

9

我热爱它们落叶归根的结局
我还爱着深秋的稻穗
漫长冬日的炉火
一个夏日短暂而羞涩的傍晚

我还爱着那个春天，青青牧场里的亲人

10

我还热爱草原的晚霞
大片的云朵，一条即将干涸的河流
在科尔沁草原，在西拉木伦河的上游
我热爱这些雄鹰，这些牛群
这些被我一一说出名字的马匹

11

我在心中勾勒故乡的轮廓
每一笔都具体
每一句都生动
在全部的爱的赞歌里
我是故乡秋日午后低眉的小叶杨

12

是美的，是好的，是明亮的，是热泪盈眶的
乌拉哈达——
我该用什么歌颂
霞光一样的天宇，烈焰一样的四季
我生命的二分之一早已缀满草绿色的草木

致　歉

向你们致歉
油画中赤身裸体的婴儿
在火车站与丈夫争吵的女人
以及因长途跋涉在车厢中酣睡的人

向所有人道歉
因为我的自私、胆小和善变
我向万物道歉
因为我的软弱、无知和可恶

向你们道歉
我亲爱的人
我亲爱的水杯、面包、牛油果……
我亲爱的床、拉力带、金镯子，包括我亲爱的愚蠢

向你们道歉
人间、菩萨和爱
因为世上的卑微与无助
我陷入了无限循环的悲悯和致歉中

等　待

我轻轻地行走、喘息、热爱
轻轻地捧着一颗燃烧的沸腾的心献给另一个人
轻轻地攀岩、跑酷
路过峡谷中陌生的人群，就轻轻地回头

我轻轻地拉住枝叶的影子
晃动出水珠和光线
在十二月，我轻轻地抖动怀中的酸涩
寻找着一个中年人的孤寂与祥和

我轻轻地欢喜
等待命运的钦点

野玫瑰

在你面前，我就是永恒的，甚于山河湖海
我就是温柔的安静的芬芳的，甚于万物
在你面前，我不是别的，我就是我
可以哭
可以闹
可以让炊烟袅袅
我不是别的，在你面前
我是木芙蓉，纯洁又纤细
我是郁金香，你瓶中白色的黄色的郁金香

在你面前，我就是我，一枝野玫瑰
舒伯特的野玫瑰

至 少

至少我们还在山中
还可以把阳台的水仙搬进书房

至少我们还允许爱
还允许保持悲悯之心，甚于淙淙泉水

至少我们还能奔行
于山川湖海，去告慰逝去的祖先

至少我们还可以后撤
把星辰奉给大海，把苍穹奉给人间

至少我们已陷入非凡的想象——
抱紧北方的冬天，在漫长的告别中重生

山　骨

春云蕴瑞的时候，我是它
壮丽的有序的辞藻，缀于辽阔的春花之上
无休止的修辞，在有限的命运中循环
循环吧——
沉默的春天和亡灵
葬在马里亚纳海沟的波涛
葬在克里特岛上的抗争与冒险

循环吧——
我的同胞，我的祖国
山骨与岚烟蔓延在歌声中
向东方伸展
我是它
晚祷的少女，赤裸于人间的烟波之上

浩浩荡荡的晨昏流泄在苹果园里
溪流淹没最后的想象
是时候了
它可以古老斑驳
但不能放纵夜莺整夜的不归
它不能像我

成为爆竹和火苗的结合点

最后，它必然抖动羽毛
阻拦我身上不合时宜的撞击与损毁

塔斯哈①

风雪覆盖苍穹的战栗

广袤雕琢内心的荒芜

一场短暂的雪，不倦地寻找塔斯哈

在深山纵横的腹地

当它纵越出洞穴

我知道，春天降临在一小段的未来里

---

① 塔斯哈：满语，虎。

莫库尼①

在一场演奏中，他们叫它
空康吉、卡水、悲琴或巴特弄

它们的音节、锈迹和斑驳
在古老的钳形的弹壳中
铺展出山河的心事

在草原上，族人拨弄费尖
此时的音高在唇齿间，如同我们的路途
弯曲、起伏，充满闪电
充满雪

——————————

① 莫库尼：满族乐器，即口弦琴。

深　秋

凛冬降临时，我们经过苦寒的高山
和哑默后的星辰
我们是这样：穿过古代的山丘
画中的长廊，和一个又一个晚霞

我们像稻谷一样，饱满、金黄，在原野中
扑朔迷离

寂静空间

在你们无话可说的时候
就倒杯水，煮泡茶，剥一个橙子

听风声靠近，看太阳西落
两个相爱的人紧紧相拥

心跳——
在加快

那一瞬，你们开始原谅，互为彼此
如此生动

在漠北的草地上

它持续地晃动，在一束光中
在蒙古族人的琴音中
一群人接过岁月的嘉奖

它继续晃动，在无人问津的小站
当灯火降临，我们就穿过游牧民族的聚居地
将察合台的钟声送回辽金的部落

如果它记得，我们将一起
在漠北的草地上，眺望斡南河的星辰

年息花

民岁时聚会作乐，女士相随，更相唱和。
——《渤海国记》

先人在山中掘年息花枝
在爆竹声中，走过枯槁和冷峻
鸟雀安然，群山深眠
村南的月亮如同慈祥的老者
目睹先人的善事

年息花开在瓶中四壁
开在先人的灵魂中
一切关于美的事物都会到来
一池年息花在盛放时踽踽独行
好比无数个熟悉的人
在奔赴的途中，沉吟未决

下辑　在人间

为了爱你

为了爱你，我在体内豢养虎、豹子
一种邪气也开始滋生
我努力做好沉默的准备
我喝掉很多盐水
如果可以慢一点，我还要
在体内豢养更多的生灵
比如，我们一直追逐的鹰
它飞行的速度超越了云
也超越了几条河流
它开始慢下来，为了爱你
我豢养了更多的情绪
我背叛了一片森林
我违背了秩序
在村庄，我伤害了无辜的人
踩死了很多只蚂蚁
为了爱你，我在体内栽种罂粟
和更多有毒的植物
我做了很多危险的事情
为了爱你，我身上的火
险些烧掉整个春天

献　词

这杯必将举过我们的头颅
敬宁静，永恒，璀璨，一种洁净
和体内的辽阔

敬尘埃中的短暂和永恒
马蹄踏过月光
我尝试用无尽的哭泣
赞美你歌声中涌动的惊喜

我尝试在暴风骤雨中
拾取翠绿的影子
和一个干瘪的自己
献给你，和你的人民

五月，广州

缓慢，温吞
含蓄中带着优雅的醉意
五月在野，晚霞孕育光明
五月的天空炸裂
铁树开花

诗人坐在水莲的芬芳中尖叫
小说家向空中抛虚弱的果子

五月的黄昏按住流水的湍急
澄净、内敛、精巧……
深度节制
我的苍鹭美若黎明，请打碎我撕裂我
幽暗中，我唯一涌动的激情
在寂静的火苗前熊熊燃烧

野 果

拿什么拯救你——

小野果、小玫瑰，葡萄庄园里最小的美

那些摇曳中的罪过

苛责过的丰盛的汁液

用最轻的

哪怕秋日下紫红的枣子，一颗熟透的蚌目

扑棱棱地落在水中

大洋彼岸，彼时天地安宁

祖国的盛京，彼时万物安详

平静的小庄园里一颗饱满的果子

我要吻你长长的绒毛，如同我的未来

你坚硬的果核里藏着朴素的真理

如草木，如秋花

我想这样轻轻地，如草木
在风中摇曳出一点点黄
我想这样无人知晓，在湖边
垂钓，与孩子们共享
教堂的钟声
我想这样湛蓝，甚于
画布上的海水
我是这样不动声色
用牙齿反抗，用炽热的
唇迎接短暂和忏悔
我想这样安静地，如秋花
如邻居家的猫，瞌睡——

清晨有喜

我拾捡这些嘹亮的字
它们歌唱着在玻璃上行走
在一片闪烁的河流上
沿着玻璃的反光
虚构诚实

我整理这些嘹亮的字
它们娇嗔、打滚
宛如一个孩子，歪着脑袋，吐出长长的舌头

给 我

给我水
给我灵感
给我修建一座房子
没有春天的池塘

给我灵魂
爱
和野兽般的命运

给我——
比夜，还要辽阔的生命

碎铁屑

摧毁我命运里的波涛和星月
让我立于饥荒的四野
骤雨初歇，我原谅了这暴力之物
附着于灵魂之上的碎铁屑

废弃的铁钉

爱吧！用一个小小的汤匙
装满苍劲的风，和我
在夜晚的歆羡
一阵小小的颤抖

明日黄昏，我将用足够的海水
抵达你内心的波涛
越来越澎湃
新月突然有了枯枝的悔意

爱吧！这瘦弱的平静灯盏
犹如在篱笆墙外
我将高声诵读一根废弃的铁钉
是什么让它在暗处保持庄严的呼啸

请

把自己打开，放春风进来
放蔷薇进来，放布谷鸟鸣和清明的雨水进来
别拦着它们
别打断它们

今日，我是空的
需放它们进来，填补我在人间端坐时
月亮的须臾和身体的寂然

请——
被我吸引的人进来，为我晚祷

你

雾散，云起
我们坐在藤蔓的叶子上
谈论盖亚
这一河的睡莲簇拥着大地
在橡树下娇羞、打盹……
宛如黄昏一样倦怠的你
在雨中抽泣
在一只拳头里啃食野果

你是玛利亚怀中的婴儿
你是一阵热空气
伴流水进入亚热带
你是风，是云，是雨
是我心中不可或缺的广袤

花落，水涌
我们坐在前朝的月光里
谈论天地
这一世的繁华，我们
必然要把它抱在怀中

诸神提灯

我热爱，且拥有，无数闪亮的花冠
水晶瓶在空中旋转，翠绿的影子
被藏族人扬起的经幡、握紧的转经筒
在烈日下与卓玛相识
在高原上，蓝天拥着白云
风贴着大地，古书上的美人细读群星
我热爱，且拥有，空旷无边和一望无际的蓝

我热爱这样的好时辰
夜幕降临，牦牛开路
诸神提灯，教我们如何摘取苦寒之物

无果之秋

从骨中来，从鳞片中来
提着高山和流水

从古代的腥气中来
去翻悔，去顿然
去打望无果的秋
和野兽的仓皇出逃

翠竹和风声说来就来
在灯火明亮的夜晚
只有流亡者在宽恕，在忏悔

如有黎明初生
我将从傲慢中来，给予你
春华、光晔和白草之香
以及一种颤抖中迟疑的愤怒

途中记

你们可以是水中的茉莉
缺少四月的明媚

你们可以是笼中的白虎
抑或，某个傍晚的蓝色
你们只是在我的眼中

跳动了一下
又一下

在我们奔赴死亡的途中

热爱生活

你一定热爱这些细小的
事物，比如针和种子
你也热爱阳台上的水仙和丁香
弥漫，在空气中
你热爱这些精灵，它们红的绿的眼睛
它们消失的速度，如闪电
如我经过你时，列车驶过来
你热爱兰波、音乐和冬天
漫长的黑夜，甚于热爱一个国度
此刻，你开始诵读，并告诉
周围的人，你不再恐惧
失意、落入深渊
你开始热爱拥有、绿色
植物，和诗歌

这般活着

我每天编书、写诗，按时站地铁
吃有毒的蔬菜，在一个人的小房间反省
在城里，我是这般活着

我这般爱着，叙述软弱和卑微
在透骨的风中描述一个人的走向
从怀里拿出刀子的那一刻
我反手给自己一巴掌

在城里，我这样强迫着自己
我想过来世，另一个星球
活着的人该以怎样的方式生活
在每一个冬日的早晨，我用棉絮盖住身体
盖住体内的积雪和人间的喑哑

春天的火舌

我们沉默
在春天的火舌到来之前
我们静候人世的安宁
做着简陋的事情，如同野蛮人
在河边垂钓

我们信誓旦旦
将渚清沙白奉给苍茫和未知
奉给遥远的古代
那星辰璀璨
那战马嘶鸣

那无数烽火将穿过我们的爱
来到闪电的瞬息里
生长、消亡——
承受命运的炙烤
水滴石穿

林　间

我从此隐匿山林
为草木说书，用泉水
煮粥煲汤，再从云间深处
提回一个篮子，豆荚、蘑菇、白果
和我春天种下的芥蓝

我从此不问世间事
无论几个孩子，都能背书
识字、写方正小楷
烟云处，总有一个能辨春风
把月落乌啼送出秋天

我就这样在山林
笃信神灵和月光，为木屋
找来钉子、铁锤和油漆
我搬来一块石碑
刻自己的名字

我就这样隐匿于此
不管蜻蜓有几只，渔船
是否靠岸，江渚上破晓时

我看见风移影动，岁月
在波光里转弯

沉寂的枝叶

那些认真的雪
那些被掩在心中的羞愧

当我坐在庭院中，它们
来到我的眉宇、体内
和骨间

我热爱又热爱
我欢喜又欢喜

我不住地交换心中的暗号
垂涎的八尺高墙挂着古代的黎明
和一个战栗的黄昏

我记得那些被摧毁
死尸一般沉寂的枝叶

它们被深埋在地下
永远拒绝光
和青天白日

我抱住了春天

在春天我有传奇的身世
无可奉告的秘密

我擅长用花苞制作编钟
用泉水医治月光

用新柳搭建婚房
一只蜻蜓正从夕阳中归来

我体内的星河灿烂
晨曦、雨露和鸟鸣都十全十美

在渗雨的黄昏中
我抱住了春天

金橘皇冠

我是一个小小的金橘
头戴皇冠，在众人中孑然而立

那个在日光的照耀下，赤裸，凝望——
小小的，散发清香气味的，是我

我开始收集雨

我开始获得一种歌声
从某种不曾辨识的内容里
画像、古绢、雕刻器物，都将呈现荣光的一面
我开始沉思：白色的雾气
穿过雷霆的闪电
一枝含苞的郁金香

我开始收集雨
以及被浸泡的有害思想

日 子

我从未像这样走进一个人的内部
紫色小花开在喉咙里

我从未像这样用尺子丈量爱的深度
一道彩虹托举天空

我从未像这样吞下云和火
伤口在露水上发炎

我从未像这样拉住一只鹿
请它指出深林的走向

我从未像这样爱上山坡的宁静
仿佛我没有来过

潮水向心尖退去

我熟悉早退的人说谎的技艺
屠夫手中的刀落下来的技艺
我熟悉山川逶迤的技艺
我熟悉你雕刻我的技艺
最先是轮廓
然后是我的低音和颤抖
我的手指触碰过衰败的草丛

我熟悉潮汐涨落的技艺
如同你再次雕刻我
在木石上，在花楸上
那些潮水正向心尖退去

你的名字

我在漫漫长夜默念你的名字
晚风击打着墙壁和院落
我已像陌生人，厌弃你
忘记你——

我默念你的名字
在南方的某个港湾，在北方的某片稻田
你的名字，在内心的丘陵中
我默念，却说不出你的沧桑
晚风急躁且张扬，笼盖四野
我站在寥寥的夜空下
唯有空落落的身体
唯有瑟瑟发抖的灵魂

在古代

月亮甜蜜，时光炸裂
两个花枝持续地颤抖
我站在荒原的辽阔和萧瑟之上
我的萨杜恩，我的小白羊
在开往赤峰的火车上
芳兰竟体
坎坎伐辐

在古代
在剑影中牵出山中的白虎
在古代，我两手空空
而星辰闪烁，即将目睹我犯下的种种罪行

炉　火

我喜爱炉火旺盛的声音
比如现在，木炭在灶膛里燃烧
煤火在铁炉里燃烧
一颗火辣辣的心在雪地里燃烧
它们一边燃烧，一边整理着衣冠

十月，我也将拥有空中的绝响

像秋天那样辉煌，像落叶那般坠落
十月，高阳明照，辽阔不属于我

大地的凄凉
我们每个人都渺小如粒

十月，我一个人坐在苍凉的谷地
任凭渺渺星河
将我带回冬日的旷野

天地浩大
我只照看这些小花小草
一些平静的云

红宝石

我漫无目的地燃烧
以拒绝的姿态
以你紫色的灵魂的反光
照我的懦弱和惊慌
我承认，在某个时刻
我缺少瘢痕，以及被烧灼的红宝石

给你写信

给你写信，盗用山水之名
写长长的道路
写暴风雨突来的前夜
写村庄漫长的消亡史

这是第一封
蘸着紫罗兰的芬芳
写一个人站在秋霞里
摘取一片雨后的枫叶递给黑夜

这是第二封
要装满盛开的牡丹
和白桃子的夏天，要装满整个秋天
和冬天，我在它们中间来回地奔走

这是第三封
羊蹄甲凋零，深秋已高远
像一切都是虚无，像我从没有来过
而天地从此浩荡

瘦弱花枝

当我们爱上危险的植物
一阵漏风的雨洒进来

只有这样
阳光斜斜地照在破旧的卡车上
一个人拉着皮箱在大海上看雪或捞月
我们搬一颗星星坐下来

在钟声中沉默
在祈祷中沉默
在钉子被敲进石头时沉默
我们互不迁就，互不垂怜于瘦弱的花枝

前　程

如此美着，如此想着
桔梗花就开到了我心上
无数个独舞的黄昏和长夜
我唯一想做的事：牵着你的手
路过一座村庄，听烈马奔腾时踢踏的蹄音

想起你唯一想做的事
和我唯一想做的事：把麋鹿驱向深林
把山中的露水、风声和一场午后的雨
都请进来，为你
为我点燃一盏忽明忽暗的灯
照着前路漫漫
照着我们潜心赶赴的枯瘦黎明

疼

为此，我吃掉更多的铁
更多坚硬的摧毁，和灭亡

为此，我忍受针穿过手指
钳子在口腔里动乱

为此，我拿出全部的家当
连同身体里的盐水

为此，我戒掉奢望和幻想
我在荒原上燃烧一把旧骨头

为此，我贫瘠的双肩降临灾难
玉养的锁骨装满人间的风雨

务必沉默

我实在想不出更好的表达
一个句子被反复捶打
被贬损
一个词被分解成零碎的骨头
我还没有长出菌斑

我能表达的所剩无几
沉默是自保
让这些枯枝、败叶、干巴的泥土
变得敏感、笨拙

保持长久的沉默
这让我在喧嚣中获得安宁
让我时刻保持洁净

沙滩笔记

从同心桥到浪漫剧场，不需一刻钟
我想你，也不需一刻钟
我赤脚，把沙粒踩到深陷
我诵读，在聚光灯交汇的片刻
我想拉着你，穿过喧嚣和宁静
在海岸耳鬓厮磨，让海里的明月
照见彼此相吸的人
我想遇见少年的你，暗送秋波
我想轻敲你的门，给你煮水
用海里的波浪，和电白镇的晚风
我想……我想等你抽完一支烟
搂住我，喊我宝贝
我想写一首关于你的诗
关于诗人的诗，关于浪漫和爱情
我写下椰林，蘸着海水
我写下母贝、松林、游船和渔民
我就是它们
我看见木麻黄摇曳……
现在，我饱含激情，我要
把内心的高原和丘陵读给你听

你听——
泉水沸腾，海风呼啸

远 树

你必须璀灿
你必须一直绿着
我这样要求你，必须在阴雨后
成为我体内茂盛的青苔
你必须斑驳，在树影下猛烈地撞击
我还在要求你，请你抱起我
凌空，飞翔——
让我日夜深爱，且沉醉

给你的

我给你的，只在拳头大小的地方

我给你的白昼与黑夜，无关与有关

我给你的接二连三的分别

我给你的惊慌与焦虑

数不尽的小心思、小情绪和小心机

你都一一接受

我翻遍词典，给你最华丽的赞美

我把世间唯一的颂词读给你听

唯一的风光雪月

这是迷醉的一天，我把一切都给你

瓶中的水，水中的药，药里的晴川与白鹤

我给你的，在萍水相逢中

我给你的错觉

在久别重逢

我给你的褐色的喘息

略带危险的敌意

我给你的爱意生满刺和锈

我给你的灵魂的嘉许，蓄满雨和雾

当你在湖中生出漂亮的叶子

我曾给过你最小的惊悸

——一盏酥油灯微弱的火苗

——一束霞光中短暂的重叠

我给过你的病入膏肓

和渐退的马蹄

一炷香在努力地燃烧，努力地灭亡

我给过你的上帝匆匆吻过的疲惫

打磨一缕光

我用光，做你柔软的身子
做你的骨骼，性情也是软的
整个冬天，我都在打磨一缕光
使它坚硬，可以触碰石头
最好经得起沧桑
要像一位将军，身经百战
很多时候，我用力打磨
差一点就把冬天磨坏
差一点就忘记了冬天的事
只差一点，我就能把光打磨成你的样子
是啊，还差一点点，我便能
打磨出眉毛、胡须、牙齿、鼻子
和一双注视我的眼睛
你看，我总是这么用力
试图打磨出一次轮回
一场只属于我们的盛世

活　着

我每日写诗，日子往下落
一个人忏悔，等待惨痛的结局
从此生活就有了深意

每日往返于山水间，把石子抛给天空
河床的更深处有我种下的芦苇
浩浩荡荡的烈火雄心

我每日写诗，不痛不痒的句子里装满
人世的风雨
是什么在容忍稻谷的良莠不齐

是什么在救赎人类
我每日写诗，在诗歌中问责
在诗歌中修正自我

明月里的岁月

我多该想起你，灵魂深处的羞涩里
两种不同的力相撞在一起
那有可能是我的反面
黑色的，滚圆形，无休无止地缠绕
也可能是我们错过了美妙的时辰
黄昏突然地向后移动

我想起你，一个伟大的人
一个手握烟斗、喜欢在阳台前吸烟的人
现在两种相向的力撞在一起
像瓷器那样破碎
像星星那样逃逸
我多该想起你，让我一说起你的名字
就激动地撕扯明月里的岁月
就陷入疯狂的原罪里

途中一瞥

我埋头，阳光从外面照进来
现在有三种辽阔的事物
一是，我胸腔里持续燃烧的火焰
二是，码头上跌入海中的黄昏
三是，夜空下无名的野花悄然绽放又凋零
人活至此，就会慢慢对手中的事物
更加从容，就像昨天
我从单位回来的路上，车水马龙
人们戴着口罩，大步小步
一些明亮的风在空中绝响
而我，一个人低着头穿过斑马线
只有将自己变得更渺小
才能在人世活得平凡且简洁

二〇一九年，秋，天气多云

深山归来，我需要重新整理自己
体内的杂质

静水深流，我需要重新栽种自己
心尖上的玫瑰，我需要重新爱上秋日的呆阳

这一切都是美的，我需要枕石漱口
梳理疲惫的歌声和颤抖的干树叶

明月挂在屋檐，鸽子宁静
我需要站在麦子的哭泣中

我需要立于漆黑的大地之上
俯瞰心底的波澜和烈焰

七月，音信全无

七月抱着海水恸哭
七月，草木多疑，雨水热烈
沉静的影子在光斑中闪动

我的绿色小火车，在铁轨上
驶过拥挤的路面
七月抱着晨露恸哭
七月，所有的爱变得虚弱而柔软

七月，我练习逃生
而无数的泪水学习沉寂和死亡
七月抱着闪电恸哭
在疯狂的悲悯里，在我滚烫的褶皱里

小　调

最小的恩泽，请拾取寂静的叶片
立于针尖，请给予我脆弱
或突然一惊的狂喜

茅草飞旋，藏匿秋霞
只有青桐和秋蝉在风中无用地抒情

我站在月光的袖口里
灰椋鸟站在我内心的丘陵上
为了避免相逢，我们各自
拒绝金色的麦穗

最小的恩泽，天地给予我的甘露
晨钟里抖落的火红花蕊

寂　静

遵从内心的秩序
在一个人命运的滩涂上
整理无果的忏悔
我知道
因为世界的沉寂部分
让我持续旺盛

尖叫——
对准罅隙里唯一的光
唯一的燃烧
我知道
因为世界的颤抖
让我在黑暗中缄默

因为盐水的沸腾
我来到命运的枯槁里，端坐——

反 省

比如我放弃了虚妄的美
幻想和焦灼
多数时候，我选择一个人坐着
对着暴雨的夜空
和一阵热烈的掌声

我把自己放在泥淖中
让自己绝望、破败、腐烂

枯叶突然在暴雨中
获得了新生，整齐地看向黎明
而我拿出生命中璀璨的部分奉给天地

雨　中

我在雨中清洗自己
一把坚硬的骨头

我打开体内的门窗
走出去
在一棵树面前，捡拾它的果子
像捡拾一个湿漉漉的自己

在惊慌中，我踩住地面的枝丫
像踩住自己的灵魂
柔软、孤独，猛烈地抓住内部的囊

小狐狸

我奔跑，把歉意留给你
落在肩上的雨花留给你
还有什么，这些汗水
正在与你的，一起蒸发
我看见池里的金鱼，游向你
顺便，把我头顶的月亮降给你
如果这些星星足够闪烁，我会摘给你
我把一切都给你，左边的梨花
右边的庭院
如果你喜爱这村落，送给你
种上春夏秋冬，还有小节气
门前流水，也能向西流
我奔跑，三步一回头
我看见小狐狸，望着你
这可爱的生灵，它多像我
奔跑，然后望着你

这般红

黄昏落下去，半个月亮爬上来
我喜欢上了你一次方的红
半杯水里的红，你在科尔沁草原
若隐若现的红
我们说起你的这般红
没有姓氏，也没有重量
我就是喜欢这般红——
在春风里歌唱的红，在雨水里
奔跑的红。我喜欢你的这般红
水滴的模样——
娇小、瘦弱，落地成冰
不说别的，这红莲的红，落日的红
这般红，就站在月光下
我喜欢上了你，新年般的红

落下的事物

落下来的……还有神的事物
落下来的疯癫，落下来的忏悔
一点点落下来的音讯
被堆砌的枝繁叶茂也从书页里落下来
我拳头紧握的空白，在紧张中落下来
我，落下来——

树上红的紫的蓝的，金色的落下来
咒语落下来
深渊中避难的蚁穴和蛇洞落下来
千万只蜜蜂飞过头顶，一声尖叫落下来
我呵出的谦卑与荣耀，在驰骋
在西北的大漠中落下来
我体内生长的光线，落下来——
我抱住的一把虚荣，落下来——

他们歌唱时

我停下来，潮水蓄满耳朵，百鸟高飞
我指引幼小的蜻蜓飞出玻璃
我将手伸过云朵，感受洁白
他们歌唱时，带着金色的麦浪
一下下高出山峦
他们歌唱时的表情
地动山摇，这嗓音和情感
我知道他们歌唱时，无依无靠
当他们倚在秋风中歌唱，不知疲惫
一群老人在歌唱
他们歌唱时，嗓音上扬
他们无比热爱此时的样子

当我在湖边停下来，他们歌唱
银杏叶在地面上堆积丰盛的晚年

预　言

在被忽略的地域，你不断地挣扎
是慵懒使你对世界充满歉意
因为生活中缺少忐忑
你对黑暗和残缺持有频繁的赞美
你渴望灵魂的暴力

当一池潭水渗漏——
你将咒语领进硝烟弥漫之地

窗　外

窗外有低沉的阴云，干瘪的枝干
一场立春后的皑皑白雪
包围牧场的低音

窗外有什么？寂静中的寂静
镐头劈开残冰和木桩
铡草机呼啸

窗外有瓦片掉落，有铁桶在翻滚
裂冰再次缝合伤口
太阳落在西山，敲击着什么

窗外有什么？无非是牧场铺上了白毯
无非是我伸出手，抓住的祥和
和一把空缺

在人间

我在人间受伤了，整个世界跟我
一起接受阿司匹林的治疗
我在人间受伤了
整个世界跟我一起休克在山丘和沼泽
这些药片被灌进我的五脏六腑
和世界的疮痍之地
这些针管对准我的真知灼见
对准我灵魂里最小的细胞
整个世界跟我一起受伤了
受伤了，就地动山摇
受伤了，就黯然神伤
受伤了，就谁也不认识谁
受伤了，整个世界跟我一起受伤
我们重新走过荒野和孤寂
没有人能治愈结痂的枝叶
没有人能原谅苦难的吟哦

藤　蔓

至少是六月，我像藤蔓一样
弯曲、缠绕，然后攀缘——
像茑萝，柔软、纤秀
像络石、凌霄、蔷薇、木香
垂吊生长
匍匐、蔓延，露出缺陷
有大片的绿
应是这样，像这些植物一样
绿——
自生——
缠绕一切可攀附的事物
比如：葡萄架、荔枝树、一根稻草
或者水中摇曳的影子
涟漪中闪亮的光斑

傍晚写作

我开始阅读、写作
风吹来霞光，河流送来月色
松枝与土拨鼠在原野上
我在屋檐下虚构
人类的命运

餐桌上，只有一盘水果
在蠢蠢欲动

小小如我

我怀疑过我，人世中小小的我
小小的个性，小小的心愿
小小的身形
我的每一寸肌肤都小小的
灵魂也小小的
面对世间的大，我无能为力
我低下头，自顾自地悲欢
我确定，天无一日晴
小小如我
像风中的一粒，海中的一粟
像秋天的落叶
岁月了无尘

致而立之年

致细纹、目光、胸怀、幼稚，和正在

发育的好脾气，致白衬衫的

汗渍和一场马拉松赛事

致虚构的火焰和眉间紧锁

也致我内心的菩提

一杯白水，致我门前的小树

一粒稻米，致我咽下的烟火

一双手，致我放下的繁华

我要致奔波的脚步，正赶赴

下一场角逐，致我拥有的恩典

呼吸、雨露和敏感的唇

在而立之年到来时，我想站在

无边的蓝之上，致我的故土

泥沼里的生命，生命里的白昼和黑夜

致我经历的人世

致我从容的微笑

燃　烧

我们只安静地诵读旭日
朝霞、珠江和古城的流水

在无法确定的日子里
我们用白色的烟火
确定自己

在一个令所有人胆怯的夜晚
我们在星辰中，以潮汐

自居

芭蕉庄园

在心中种一片芭蕉

再建造一个小岛

搬来很多树、果子和繁花

动用一个人一生的爱

站在星空下，饮着潮汐和浪花

礁石撞击出大海的高潮

在心中开疆拓土，移植月色

去占领星群和渔船的灯火

用一个人一生的力量和激情

去填补心中的沟壑

在心中种一片芭蕉

落雨时，就在树下挖酒

在内心搭建一个火炉

燃烧苦涩的皮囊

偶尔弯曲

不可能什么都是直的，你要静下来
承认河流是弯的
月亮是弯的
你脚下的路是弯的
你弯一弯身子，拿起的
镰刀是弯的
还有什么是弯的，比如命
始终是弯的
比如河流，只有是弯的
才能生出一颗颗珍珠
只有是弯的，才会有
流水潺潺和涌泉奔流
这一生，不可能什么都是直的
偶尔要弯一下，然后
再弯一下
只有是弯的，更多的事物
才会是直的

金沙洲

日子慢慢地静下来
落在楼下的石凳上，落在雨后的
枝叶上，落在金沙洲的
楼群和黄昏里

在晴空丽日下
在斑驳的倒影从水中流过的日子中
我们深深地凝望

时间的反光
和从珠江河面传来的惊喜

低 头

低于河流、青山、大地

低于檐下的飞燕

低于池塘里盛开的荷花，抑或

低于莲蓬的高度

有时，我低头就能看见生活里的波澜

林木让出了春天

有时，我低头，想让田野长出稻穗，脚印再深一些

我走过去，可看见临盆的狐狸

有时，我只是想走得稳一点

我低头，哪里都是秩序，雨露、深林、鹿群、高原

我都没有

我低头，低于尘埃，低于内心的山地

舍不得

舍不得春回大地，在光阴里承认

我们都是虚伪的人

舍不得把昨天的雪铺在地上

在寒夜里，我们抱紧彼此，一起融化

如果有谁舍不得鸳鸯戏水

只因情深缘浅

舍不得输掉今生，我们一点点

改变心意、初衷，一程路的方向

我们是舍不得靠近，抱得太紧

也会窒息死亡

关于一次美学的探讨，我们舍不得发出声音

一语不合，就天各一方

舍不得重逢，只因散场的宴席充满悲伤

人间平凡的苦

你得忍受，这人间平凡的苦
一夜白头的苦
漂泊在外，一个人的苦
委屈、寒冷、孤独、受惊的苦
所有的苦，你都要纳怀
你得忍受一阵凄风苦雨
几个人的冷嘲热讽
多次的白眼相对

这人间平凡的苦，你得忍受
亲人指责，外人指桑骂槐
乌云密布时，穿过森林
还有无法诉说时
躲在房间里哭泣的苦
这人间，有千万种苦的方式
你像经历一场劫难
我也是，要忍受人间平凡的苦

挽　留

我会挽留一根稻草，一片在风中
吹散的云，很多次
我的挽留大于我眼前的秋天
挽留常常充满邪念、嫉妒和悔意
我给这些被挽留的事物起名字
覆盖人类的善心
现在，我习惯于挽留陌生人
被遗落在人间的小事物
它们总会在不经意间，道出一个真理
说出人类的秘密
变成另一个我，假装太平
假装挽留跟自己一样的人
或者假装对他们好，挽留一点恻隐之心
挽留自己在世间最多的爱
我想，我会挽留更多，莫须有——
也要挽留

空 空

我抱住空空的原野
像抱住你，一些枝茎发着光

当我抱住屋檐上的落日
当我抱住指尖上的一束光、一滴泪
当我抱住你们
你们所有的希望
当我无数次回望，抱住海的褶皱
像抱住一个正在尖叫的人
一个浑身长满苔藓的人
当我抱住寂寥和无边的萧瑟
抱住一阵风、一场雪
抱住一座生病的村庄
像抱住你，我畏惧着寻找光明和永恒

致生活

我绝望

我兴奋

我对人世充满激情

生活的雨水灌溉我，也冲刷我

一段冷静的陈词使我体内的风帆向下启航

我敬生活的冷艳、黑暗和无力

也敬它四肢上生长的褐色苦果

漫长的黑夜给我认知

一次无休止的燃烧让我抱紧四散的灯火

致生活

致在低处和高处的生活

致我的未来，漫长的夏天，小提琴的午夜

无数次的悲欢让我的人生

如此平静，如此沉稳

我如此就迈进了生活的底部

遗 忘

我经常忘记什么
关于我许下的承诺，我忘记了
关于我在草原上宰杀的羔羊，我忘记了
我说过的善，如同熄灭的焰火
我认同的恶，正与我同生

我忘记一个人的谎言、焦虑、颠踬
我忘记我自己
在惊慌失措的夜晚，持续地忘记被摧毁的事物

一簇桔梗花忘记凋零的日子
我忘记自己也曾深情地凝望冬天

雅　歌

向你献出体内最柔软的部分
火苗在灵魂中旺盛
我哑默的借口，被和盘托出的全部秘密

向你献出池水中温热的莲花
我将不是我，而你，会持续盛开

生活素描

我一直想要这样的生活
云在檐上，水在远方
豌豆苗在园中应允一场大雨
而远方，有一簇簇的小花竞相盛开

我正荷锄而归，露水沾满衣襟
溪流的合唱戛然而止
此刻将有短暂的蛙鸣
将有一个诗人因为长久的等待
而向风中的麦穗深深地鞠躬

黄　昏

该用怎样的词来形容它，在牧场
黄昏是你的
风是你的
落在地上的羽毛是你的
我听见牧民歌唱，是你的
在牧场，云朵是含蓄的，河流清澈
是你的
嗒嗒的马蹄声，是你的
我们躲进白帐篷，弓箭是你的
木匣里的银器是你的
大碗的酒，喝下去，是你的
在牧场，骑马的少年，是你的
土地上的黄昏是美的，是你的
我也是美的，是你的

空　地

身体里的一小块空地

用来种桑葚和胡麻，再腾出

一小块空地，用来养一把秀丽的琴

每个黄昏，你轻拢慢捻抹复挑

阅金经，芙蓉水上

涟漪便从湖中深处来

此时山中，水中，大石中

流水从天上来

莲花盛开

身体里的一小块空地

有一片桑麻，在持续地燃烧

二月生霜

拿去吧，都给你——我人生的姹紫嫣红
我命运里的劫难和侘寂
此时，两手空空，身体轻盈，只需躺下
我的胃、舌和思想返回原点
我这样长久地站立，背靠石壁
对行人表达悔意

我一个人沿着先人走过的沟渠
待二月生霜，就用落叶将自己掩埋

站立的雀鸟

有时，它只是站立
伸出尖尖的喙
绝不触碰身体里的伤

有时，它只是站立
头颅弯曲

它只是站立
目睹桉树的气息绕过屋宇

阳光照耀

明亮的时候，就把被子、棉衣
和一堆旧报纸旧书籍搬出来

晾在阳光的下面
像把自己晾在干燥的大地上
赤裸——
均匀呼吸——
拒绝内心长出菌斑和苔藓——

明亮的时候，就将全部的光芒
铺在广袤的人间
披上铠甲，穿越闪电和雷鸣

烟云之上

我细小的忧伤是真的，我在
一个人时郁郁寡欢，也是真的
假如，来生我是一株植物
一定要在荒草丛生中找到故土
一定不能摇曳，不能
面对苍穹，小看低飞的鹰
一定不能像这样，假设生死
在人世间虚度光阴
假如，光阴可以暂停，可以
像钟表一样发出嘀嗒声
我一定要垂下双手，驻足
然后致敬每一个时辰
致敬荒原上起落的尘土
和大海上每一次潮汐的涨落
我有细小的忧伤，垂于
烟云之上

壁　画

我爱着你的古代和现代
也爱着你体内破碎的核
以及无法修补的明亮

天高地阔，时光远逝
我必然是在高处爱着你
空空的灵魂

为你，为这画中的鲜红
我的肉体被一小团火包围

一个人站在荒原上

一个人站在荒原上
用目光追赶黑鹰，用双手托举月光
用颤抖的灵魂接住人类的指责
一个人突然地停下来，走向无边的寂静
越走越卑微，越走越沉迷
我想起书中的人
我们都是为了获得辽阔的惊喜
而手持灯盏，赤足向上

遇　见

这一生，我会遇见变卦说谎的人

神经衰弱还要熬夜的人

缺少光芒和爱慕虚荣的人

我会遇见阴雨天都赶路的人

关节痛的人，在夜里死去活来

把膏药贴在小腹上的人

遇见对着我一言不发的人，大声

呵斥我的人，原谅我的人

爱我的人，懂我的人，像

我的爸爸和妈妈

欺骗我的人，说什么我都信

遇见怀抱婴儿的人

河流干了，大海也干了

我遇见小寡妇把自己扔进水里

一对盲人，他们是恩爱的夫妻

没有什么比他们更美，在荷叶上跳舞的人

这一生，我遇见很多人

我还会遇见死去的亲人

他们隔三岔五来到人间看看——

尘世中忙碌的人，活着的人

逃 离

加速逃离一只晃动的骰子
从烈火的灰烬中逃到秋日的芦苇里
身后的大水漫过来，霜打下来
一群野兽生猛地奔跑

从一堆小事中逃到绝望的尘埃里
逃到云梯的深处，我们有跳海身亡的勇气
逃——
逃出寨子和前世
他们并不知道：

终有一天，我们会在烈火中重生
会在逃逸的流水中传诵真经

船手与岛屿

我攥紧的拳头中有光
我敞开的怀中有黎明前的日出
有水，有海浪，还有层林

我知道这些并不重要
你已经笃信：船帆
已在归程

我们的海员将从明天起
来到你全部的诗行中
航行、捕捞

在无尽的夜晚
在我们彼此惘伤的时刻

采莲之歌

去做一个仗剑走天涯的人
芒鞋、马匹和一壶烈酒
倚山川的芳翠，饮星河的光芒
在高原的脊背上鞠躬，向着人群和灯火
在栗色的马背上仰望，这大片的星汉灿烂

然后，继续——
向着潭中之水、林中之木
以及有老人和孩子的村中小路

有时，停下来
对着寺庙里的菩萨祈祷
有时枯坐在石块上，大喊一声
族人就从群山中走出来

图书在版编目（CIP）数据

骑马路过达里诺尔 / 安然著. -- 武汉：长江文艺
出版社，2024.6
　（第 39 届青春诗会诗丛）
　ISBN 978-7-5702-3457-8

　Ⅰ. ①骑… Ⅱ. ①安… Ⅲ. ①诗集－中国－当代
Ⅳ. ①I227

中国国家版本馆 CIP 数据核字（2024）第 029489 号

骑马路过达里诺尔
QI MA LU GUO DA LI NUO ER
————————————————————————

特约编辑：丁　鹏
责任编辑：王成晨　　石　忆　　　　责任校对：毛季慧
封面设计：璞　间　　　　　　　　　责任印制：邱　莉　　王光兴
————————————————————————

出版：长江出版传媒　长江文艺出版社
地址：武汉市雄楚大街 268 号　　　邮编：430070
发行：长江文艺出版社
http://www.cjlap.com
印刷：湖北恒泰印务有限公司
————————————————————————

开本：880 毫米×1230 毫米　　　1/32　　印张：4.75
版次：2024 年 6 月第 1 版　　　　2024 年 6 月第 1 次印刷
行数：2520 行
————————————————————————

定价：52.00 元
————————————————————————